超速营销·手绘pop

日用百货·服装·化妆品

POP

序

20世纪50年代，自选商店在美国迅速取代了传统的杂货店，自选时代的到来，市场竞争日趋激烈，社会销售观念从传统的以生产者为中心的"卖方市场"转变为以消费者为中心的"买方市场"，在这样的市场竞争白热化的背景下，广告宣传活动也相应得以发展、勃兴和完善。

超级自选商场的出现，加剧了商品的竞争，商家为了迎合和方便消费者，不惜采取各种各样的广告促销手段，"POP"作为"销售点"、"卖场"的广告正适应了这种新的形势而成为销售策略中的一种强有力的形式。

在整个广告活动的过程中，能够在销售场所中与商品结合在一起，凭借自身的强烈色彩、优美的图案、诙谐幽默的构思等特点，直接激发消费者购物欲望，并且能使消费者产生购买行动的是我们今天称之为"POP"的销售点广告。

作为销售点广告的"POP"形式有很多，而销售场所中最直接、最有效果的是手绘POP的广告形式，本册将是重点介绍在百货超市中的手绘"POP"。

在超级市场中，日用百货类的商品与人们的生活息息相关，产品的种类也是琳琅满目，就是同种产品都会有诸多不同的厂家牌子，它们同置于一处，任消费者自行选择，除了依靠产品的包装、价格等多因素共同作用下使消费者产生购买动机以外，"POP"广告作为一个"沉默的推销员"也起到了至关重要的作用。

生活日用百货是人们生活的必需用品，设计者在设计此类商品的"POP"广告时，应充分了解商品的特点及商家的销售策略，同时对竞争的商品加以观察与研究，然后按照个人独特的构思，用最直接的艺术语言把商品的最具诱惑力的信息表达出来。此类"POP"广告应第一考虑的是销售场所的环境下，站在一个消费者的角度去构思，将视觉的感受放在第一位。

服装类"POP"应充分了解此品牌服装的内在个性与品位及所面对的消费人群，在设计的风格上与该品牌服装的市场定位及品位与个性相统一，这样既有利于宣传该品牌形象又能更好地达到销售服务的目的。

化妆品POP广告应注意其自身的特点，运用时尚的色彩，简洁而高贵的字体通过简洁的构图传达化妆品时尚的特点。体育用品POP广告可通过幽默的插图，强烈的色彩来传达体育用品的特色，从而更好地达到销售的目的。

"所谓好的广告，不是广告本身能引起注意就算好的，而是为了卖东西"。最后以戴维·奥格尔维说过的话来结束本文。是为序。

日用百货手绘 pop

好酷的人物造型，相信舞技一定不错。

搞笑的插图为主题增添了情趣。

好形象的"滑板"。

女人专卖店东西果然多。

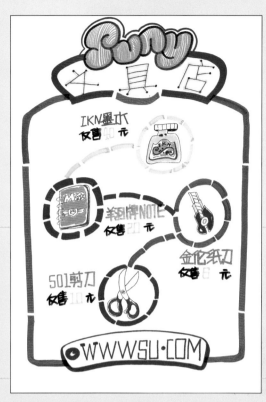

绚烂的色彩暗示了产品的繁多。

干净利落的画面表达准确。

简约的风格也可以有强烈的视觉效果。

素描效果的插图，够酷！

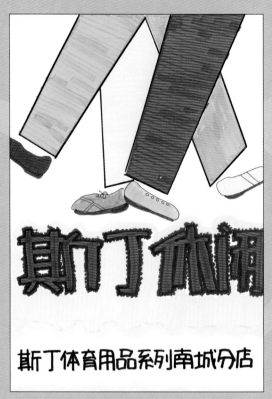

简简单单的几个色块气氛果然休闲。

诉求直截了当是POP广告的一大优点。

丰满的画面不觉得拥挤。

围巾给人深刻的印象。

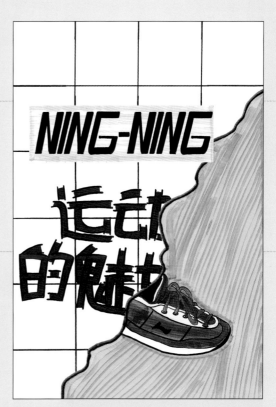

具有空间感的画面效果特殊。

字体大小穿插松紧有致。

虽然是只脚丫子，却一点也不令人反感。

形式新颖到位。

五彩的原点丰富了画面。

剪贴的插图和文字很显眼。

钱币既贴切主题又营造出喜庆的气氛。

好漂亮的笔记本，一定能吸引不少学生。

图形与文字结合巧妙。

朴素的风格效果也不错。

随意的涂鸦让人耳目一新。

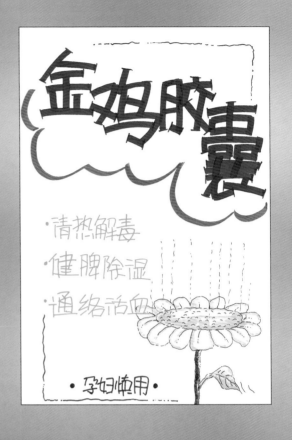

"运动鞋"三个字既坚固又有运动感。

写实主义的插图带给我们逼真的效果。

插图形象大胆，主题明确。

好呆的先生，好酷的眼镜。

清凉的色彩让人心旷神怡。

会跳舞的药丸，减少了对药物的恐惧。

黑色的边框令画面富于变化。

精彩的插图，即使是药品广告却也轻松活泼。

"牙痛不是病，痛起来真要命"，插图和文字把这种痛表现得淋漓尽致。

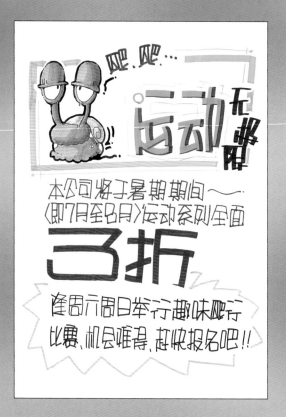

鲜红的主题很抢眼。

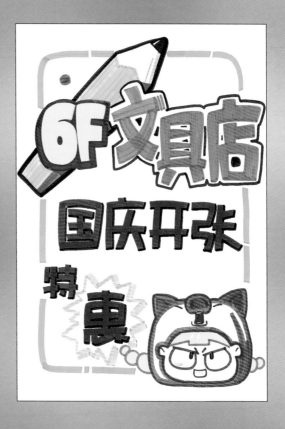

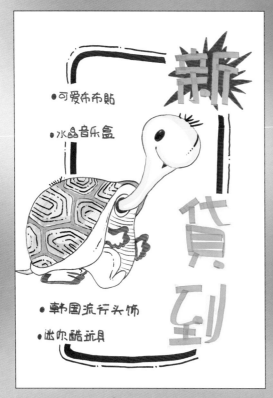

可爱的乌龟带来了好"新"意。

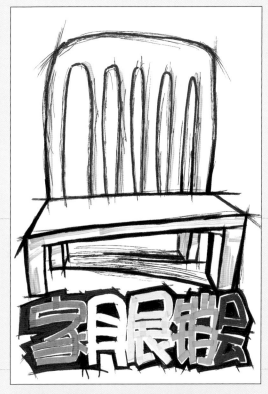

用速写形式来表现的插图别有一番滋味。

内容虽简单，但趣味浓烈。

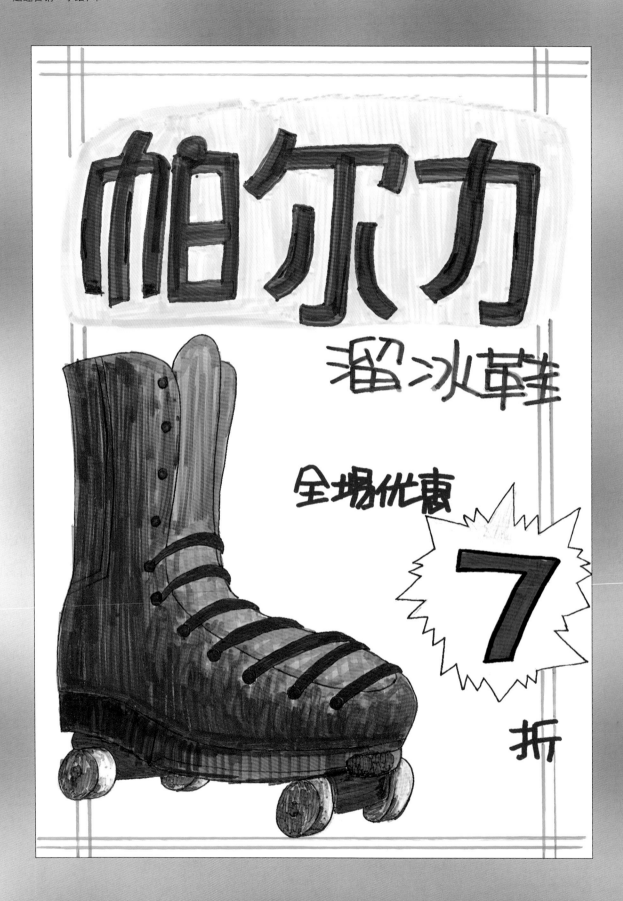

幽默的插图使严肃的主题变得轻松。

字体很有力度，内容不多却不失气氛。

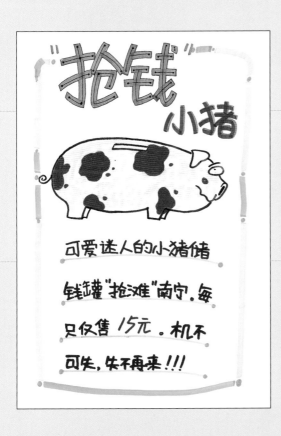

"多彩"的多彩屋够形象！

情人节惊喜礼

凡在本店购满￥9.8元可获喵一份心动礼物

轻松幽默,贴近生活。

篮球是画面的重心

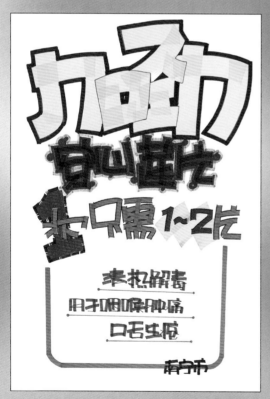

黄颜色具有较高的识别率。

色彩让只有文字的POP富有层次变化。

篮球帮助说明主题。

大面积的红色块很夺目。

扭动弯曲的线条把人们的目光聚焦到画面中心的文字。

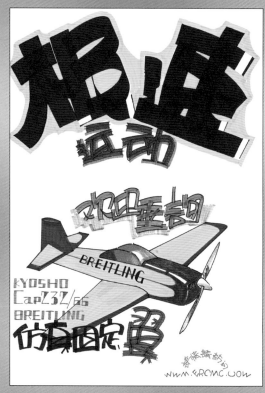

注意它的字体写法，很有力度。

黑色的运动鞋使画面稳重起来。

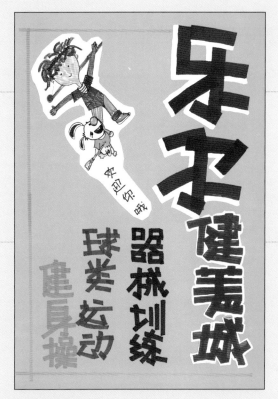

朴素的风格也能体现运动的主题。

惊爆的卡通形象活跃了气氛。

标题字、插图与数字的穿插使画面更有看头。

画面简洁趣味盎然。

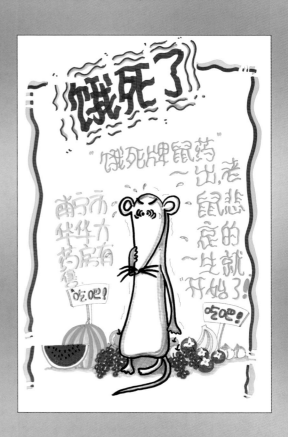

富有韵律感的线条打破了画面的沉闷。

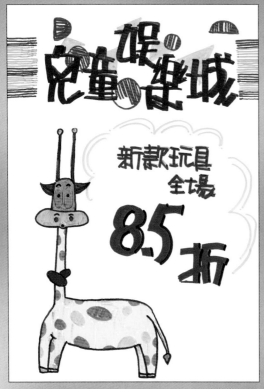

长颈鹿把我们的视线引向主题。

画面简洁轻松，交代清楚。

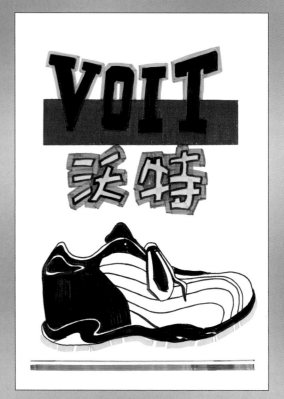

产品名称、产品造型直接的诉求方式，一目了然。

洁白的牙齿令人羡慕。

插画与文字的互动让作品更有看头。

色彩渲染了主题。

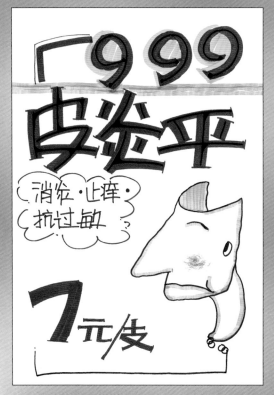

抽象的人物造型，恰到好处。

丰满的画面，内容也丰富多彩。

标题字的装饰有点意思。

香味四溢的"香体浴"。

运用古装美女来做产品的代言人，真是妙不可言。

可爱的BABY一定能博得年轻妈妈们的欢心。

文案通俗易懂是POP的一大优点。

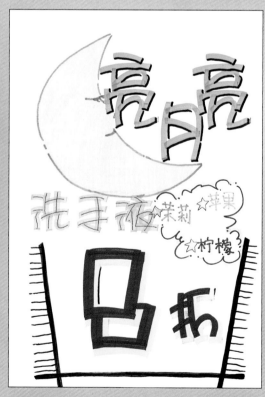

可别小瞧了那些辅助线条哦，它让画面不显单调。

插图巧妙地点明了产品名称。

温馨的画面又有几分浪漫情调。

清爽色调贴近主题

对比的颜色使画面效果强烈。

冷冷的色调让人感觉一阵清爽。

插图的变形十分有趣。

儿童产品的POP广告宜用轻松、明快的色彩，显然作者做到了这一点。

插图的版式很特别。

三个傻傻的男生，十分有趣。

数字的夸张与插图呼应。

篮球形象引人注目。

插图精美，文字精到，经典。

将剪贴的插图勾个边，层次就丰富起来。

文字与人物的编排变化有点意思。

穿卡尔，奔奥运。

图文并茂，一目了然。

酷毙了的小狗，酷毙了的万能工具箱。

儿童产品当然是让小朋友自己来推荐。

构成味十足的画面。

标题字的装饰是下了一番苦心的。

用彩铅描绘的插图，效果真棒！

如此可爱的洗漱用品，这般惊爆的价格，你还能挡得住诱惑吗？

插画与文字的编排别具匠心。

服装手绘pop

运动用品

休闲裤、运动鞋

夏季特惠

红绿搭配照样协调。

·迪卡尼服装店·

元旦期间酬宾优惠
北极牌羽绒服一律为
8.5折!快来选购.

卡哇依的人物形象让人耳目一新。

人物与背景色对比强烈突出主题。

线条将文字与插图紧密地联系起来。

够酷的男孩，够味儿的儿童服装。

色块稳定了画面。

个性的插图是这件作品的亮点。

立体效果的英文字体十分耀眼

两个可爱的小芭蕾舞演员点明了主题。

线框使零乱的字图不再松散。

夸张的领带使画面也大气起来。

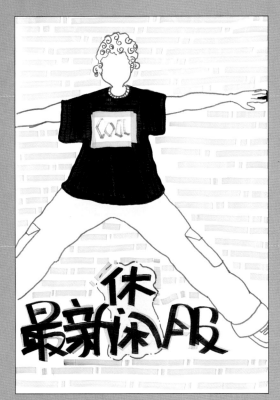

创意的版式与轻快的色调结合得天衣无缝。

浮雕效果的字体很有力度。

大块的红色衬托了主题。

舞动的服装个性十足。

红色调能引起更多消费者的注意。

劲爆的男生，劲爆的价格。

卡通人物是诠释儿童产品的能手。

诉求准确的 POP 反而更耐看。

热闹的主题当然要营造热闹的气氛。

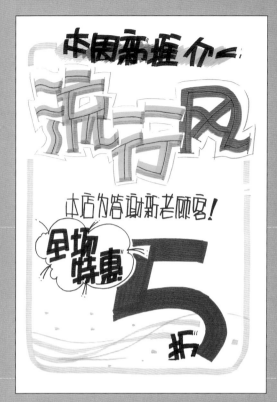

不用插图，同样是非常精彩的作品。

极具古典意味的插图是产品的代言人。

如此利落的表现风格，我喜欢!

突出品牌名称是最直接的宣传方式。

哈日风格的卡通形象很时髦。

插图的表现手法值得称赞。

醒目的标题诉求准确。

画面的细节为作品增色不少。

文案的新奇一样能吸引顾客。

乖巧的小男孩一定会使产品倍受小朋友和家长青睐。

版式和意境都非常棒。

随意的画面给人轻松的心情。

青春靓丽的少女形象，适合年轻受众。

"8" 字夸张得好。

哈哈，"大优惠"连袋鼠都按捺不住了。

绚丽的色彩、可爱的长颈鹿，让人过目不忘。

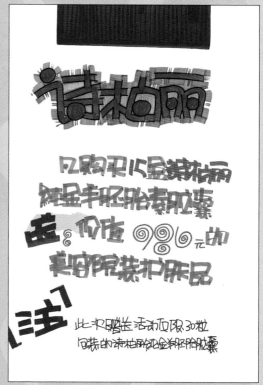

文字有主有次，整体中又富于变化。

插图颇有创意。

人物打破了呆板的构图。

时髦的妙龄少女，尽显流行元素。

简单的颜色塑造十足的个性。

轻松的周末，轻松的画面。

以不同色块分割画面，却没有扰乱视线。

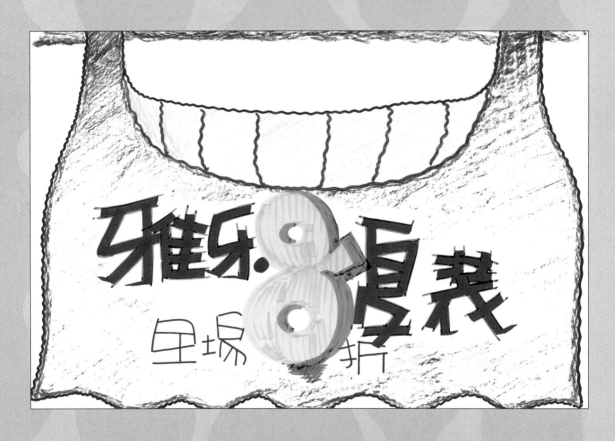

精彩的插图为主题增色不少。

红黄蓝绿色的对比，活跃了画面。

鲜活的颜色体现产品特点。

化妆品手绘pop

"错"字的夸张效果不错。

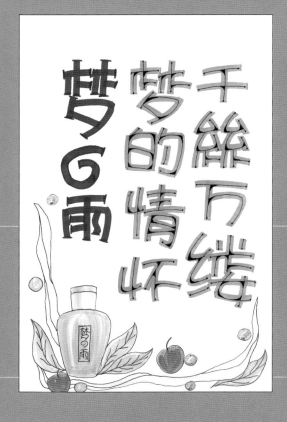

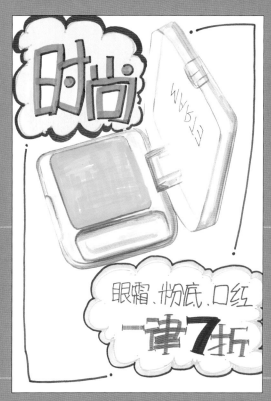

色彩的搭配颇具时尚感。

"沐浴"的泡泡散落四处，让人感觉身临其境。

这样的生发效果，不错。

精到的POP字体是这件作品的成功之处。

标题字的颜色与画面的冷调子对比，很醒目。

画面的留白恰到好处。

变化一下文字的编排方式会得到意想不到的效果。

素雅的色调适合广告诉求点。

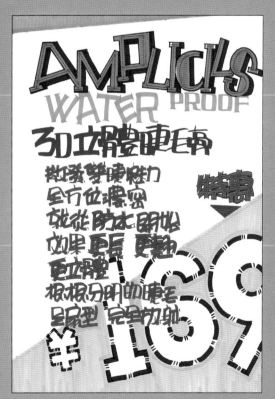

色块分割画面。

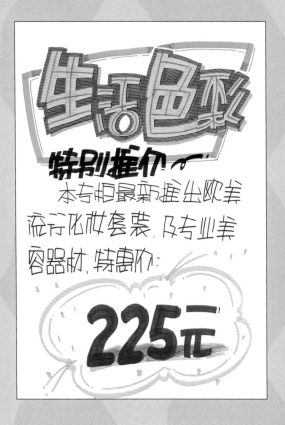

统一颜色的字体突出整体感

绿色的线框让画面整体了。

格调清新自然。

出色的文案用特别的版式来表现，画面更精彩。

以美人鱼为主题增添了不少情趣。

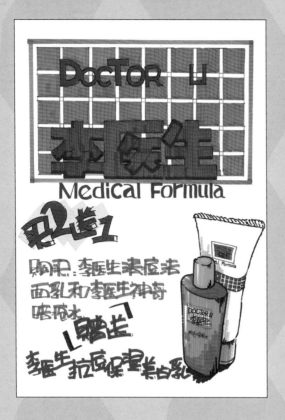

秀色可餐的减肥广告。

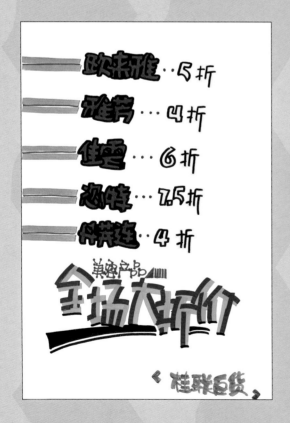

细细的字体用彩色的色块装点一下，漂亮很多。

线条在画面中起到了非常重要的作用。

漂亮美眉快来参加吧!

细节部分帮助营造气氛。

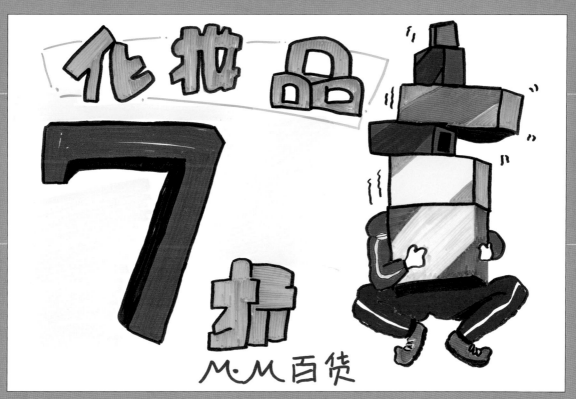

诙谐的插画让人联想翩翩。

图书在版编目（CIP）数据

日用百货·服装·化妆品/喻湘龙主编. —南宁：广西美
术出版社，2003.12
　（超速营销·手绘POP）
　ISBN 7-80674-489-4

Ⅰ.百...　Ⅱ.喻...　Ⅲ.商业广告-宣传画-作品集
-中国-现代　Ⅳ.J524.3

中国版本图书馆 CIP 数据核字(2003)第126969号

本册作品提供：

曾誉莹	周　洁	卢宇宁	林　洁	何佩霖	潘　丞	徐　妍
邹奇诚	罗和平	刘蓉芳	潘玉珉	许长江	陆晓峰	樊海鹰
赵珊珊	熊丽君	欧宝乡	黄晓明	梁　鹏	张海燕	林奔遥
蔡世机	黄元峰	谭仁生	钟周伟	邓金文	胡昌燕	刘川丽
季红梅	王　希	范振春	邓燕萍	杨　扬	周　柯	韦文颖
吴玉泉	黄丹萍	廖爱群	李本宁	陈　诚	陆　霞	文　鹏
马尔娜	陈　旭	闫　玮	陆芳菲	赵先慧	黄　瑾	陈恩成
袁飞霞	李　华	刘　佳	叶　鹏	韦　智		

超速营销·手绘POP
日用百货·服装·化妆品

顾　　问／柒万里　黄文宪　汤晓山
主　　编／陆红阳　喻湘龙
编　　委／喻湘龙　陆红阳　梁新建　黄仁明　利　江　方如意　周锦秋
　　　　　张兴动　叶颜妮　李　娟　陈建勋　游　力　熊燕飞　周　洁
　　　　　叶　翔　罗　慧　黄光良　潘　华　叶　鹏
本册编著／黄仁明
图书策划／姚震西
责任编辑／白　桦　何庆军
装帧设计／阿　西
责任校对／尚永红　刘燕萍　陈小英
审　　读／林志茂
出　　版／广西美术出版社
地　　址／南宁市望园路9号
邮　　编／530022
发　　行／全国新华书店
制版印刷／深圳雅昌彩色印刷有限公司
版　　次／2004年1月第1版
印　　次／2004年1月第1次印刷
开　　本／889×1194　1/16
印　　张／6
书　　号／ISBN 7-80674-489-4/J·335
定　　价／30元